コアラ
フクロギツネ
バンディクート
ワラビー
クォッカ

有袋坂と白露

大塚　静正

三省堂書店／創英社

有袋坂と白露　目次

1　白露の風

残暑の中に、冷やっとした風が吹いた。街路樹の葉が、サラサラと揺れている。小鳥たちが、数羽飛び交っている。太陽の光がまだらに光り、街路樹に光と影を醸《かも》し出している。

近藤駿輔《こんどうしゅんすけ》刑事は、窓の外を見て三年前を思い出していた。

あれは、九月白露の時だった。

……坊や、しっかりしなさい。誰にやられたんだ。

あどけない少年が、公園の樹木の下に倒れていた。

近藤駿輔刑事は、盛んに少年に声をかけた。しかし少年は、身動きしなかった。すぐ救急車を呼んだ。少年のズボンのポケットから半分落ちかかっている写真を見つけた。

カンガルーの写真のようだ。

近藤駿輔刑事は、少年の所持品として、ビニール袋へ入れた。やがて、救急車や、応援の警察官たちがやって来た。

少年の首に絞められた痕がある。少年は首を絞められて殺されたようだ。それに顔にも殴られたような傷がある。

少年の顔をじっと見ていた近藤駿輔刑事は言った。

「もしかして、須《す》磨《ま》直行《なおゆき》君じゃないか?」

土方《ひじかた》敏《とし》樹《き》刑事は言った。

「近藤刑事、知り合いですか?」

近藤駿輔刑事は言った。

「似てるんだ。児童虐待で気にかけていた須磨直行君に似てる」

近藤駿輔刑事は、所持品を探した。結局、ハンカチが一枚に、ポケットティッシュが一個、カンガルーの写真が一枚だけだった。

そして、救急車で大学病院へ運ばれて行った。少年の死が確定し、身元が判明した。やはり、須磨直行君だった。近藤駿輔刑事の目に涙が溢れた。

あれは、須磨直行君の亡くなるさらに四年前のことだった。今から七年前のことだ。


近藤駿輔刑事は、呼び出された。

刑事部長の長池公平《ながいけこうへい》は言った。

「近藤駿輔刑事、児童安全課へ異動を命ずる」

近藤駿輔刑事は言った。

「え、転勤！」

長池公平は言った。

「配属部署が変わるだけだ。児童安全課の刑事が、一人辞めたんでね。代わりに君に

WZ 101

やってもらうよ。頑張って務めてくれ」

近藤駿輔は言った。

「わかりました。失敗のないように、頑張ります」

児童安全課は、児童虐待や育児放棄などを取り扱う部署だった。

近藤駿輔刑事は、児童安全課の扉を開けた。

そこには、大勢の警察官がいた。ポツポツと空いている席もあった。出掛けているのだろうか。

近藤駿輔刑事は、面長で鋭い目つきをしていた。近藤刑事は、部屋の一角を見た。机が、向かい合わせに二台ずつで四台、その横に一台がくっつけてあり、全部で五台の机がおいてあった。そして、四人が席についていた。そこが管理職の席だろうか。

近藤駿輔刑事は言った。

「この度、児童安全課に配属になりました。近藤駿輔と言います。よろしくお願いします」

その一角の一人が言った。

近衛有矢　刑事

近藤駿輔　刑事

遠藤裕美子　事務長

阿部晴季　刑事

土方敏樹　刑事

「私は、近衛有矢《このえゆうや》」

近衛有矢刑事は、眼鏡をかけていて左目の横にほくろがあった。

その隣の刑事が言った。

「土方敏樹《ひじかたとしき》」

土方敏樹刑事は、俳優のようなちょっといい顔をしていた。

その前の机の刑事が言った。

「阿部晴季《あべはるき》」

阿部晴季刑事は、丸顔だった。

そして、女性が一人いて言った。

「私は、児童安全課事務長の遠藤裕美子《えんどうゆみこ》です。あなたは、そちらの空いている机を使って下さい」

近藤駿輔は、空いている席に着いた。

すると電話が掛かってきた。遠藤裕美子事務長が出た。

遠藤裕美子事務長は言った。

「児童相談所から電話で、須磨直行君という五歳の子が虐待にあっているのではないかという連絡がありました」

近藤駿輔刑事は言った。

「私が行こう。須磨直行君は、何処《どこ》にいるのですか」

遠藤裕美子事務長は言った。

「横浜市の夢燕《ゆめつばめ》区役所の児童相談所です」

近藤駿輔刑事は言った。

「わかった。行ってまいります」

さっそく近藤駿輔刑事は出動した。

横浜市夢燕区の区役所へ行くと、須磨直行という子が保護されていた。

顔や体に傷を負っているようだった。

近藤駿輔刑事が話しかけた。

「坊や、その傷はどうしたんだね?」

須磨直行は答えた。

「お父さんに叱られて」

近藤駿輔刑事は言った。

「お父さんは、いつもそんなに怒るのかね」

須磨直行は言った。

「うん。どうしてだかわからない」

近藤駿輔刑事は言った。

「よし、私からお父さんに注意しよう。お父さんは、今いるのかね」

須磨直行は言った。

「会社だよ」

近藤駿輔刑事は言った。

「お母さんはいるのかね」

須磨直行は言った。

「いると思う」

近藤駿輔刑事は言った。

「すぐ呼んで、厳重に注意しよう。いつやられたんだね」

須磨直行は言った。

「今朝」

近藤駿輔刑事は言った。

「手当ては、誰にしてもらったんだね」

児童相談所の小深田《こぶかた》のぞみが、口を挟んだ
「私が、今朝、夢燕病院へ連れて行って、治療してもらってきたのよ。須磨君が、自分で夢燕区役所の児童相談所へ来たから」

近藤駿輔刑事は言った。

「小深田さん、それで怪我の具合はどうですか」

小深田のぞみは言った。

「軽症です。しかし、古い傷もあり、日頃から虐待されているのではないかと医師のほうからも通告がありました」

近藤駿輔刑事は言った。

「傷害罪で逮捕だな」

小深田のぞみは言った。

「実際に見ていたわけではないのでわからないですが？」

近藤駿輔刑事は言った。

「いや、お恥ずかしい話だが、私、今日から児童安全課へ配属になったばかりで、こういう事件は初めてなものですから。とにかく母親を呼んで、厳重に注意しましょう」

小深田のぞみは言った。

「児童相談所としても、それしかないと思います。

須摩直行君事件としてデータをまとめて警察署の児童安全課へお渡しします」

近藤駿輔刑事は、怖い顔をして言った。

「ありがとう。すぐ母親を呼んで下さい」

しばらくして、須磨直行の母親、須摩由利子《すまゆりこ》がやって来た。

児童相談所の小深田のぞみは事情を話し、母親須摩由利子にも家庭の事情を聞いた。

須磨由利子は言った。

「夫は世界貿易株式会社に勤めていて、オーストラリア担当です。今朝、直行が寝坊したので、夫がちょっと叱っただけです」

同席していた近藤駿輔刑事は、急に口を挟んだ。

「ちょっと叱ったじゃないだろう！」

須磨由利子は言った。

「いや、ちょっとです」

近藤駿輔刑事は言った。

「それにしては、酷《ひど》い怪我のように見えるのだが？　かなり、腫《は》れているようだぞ」

須磨由利子は言った。

「この子が、寝坊したのが悪いのです」

近藤駿輔刑事は言った。

「こんな酷い体罰は駄目《だめ》だ。今度やったら傷害罪で逮捕だ。それに、古傷がいくつかあるようだが、この傷はどうしたんだ」

須磨由利子は言った。

「知らない」

近藤駿輔刑事は、声を荒げた。

「知らないなんてことないだろう」

須磨由利子は言った。

「忘れた」

小深田のぞみが言った。

「直行君、こっちの傷痕はどうしたのかな?」

須磨直行は言った。

「忘れた……今日、最初、病院へ行ったんだけど閉まっていて、朝早かったから、それで、夢燕区役所へ来たの。どうもありがとうございました」

須磨由利子は言った。

「どうもすみませんでした。お騒がせしてしまって。別に、何でもないので。もう連れて帰っていいですか」

近藤駿輔刑事は言った。

「駄目だ。もう絶対に、直行君に怪我をさせるようなお仕置きはしないと約束してもらわないといけないな。父親にもだ。念書を書いて来てもらおう。用紙があるはずだ」

小深田のぞみは、引き出しから念書の用紙を出し、須磨由利子へ渡した。

須磨由利子は、用紙を受け取り言った。

「いつまでですか」

小深田のぞみは言った。

「二、三日中に出して下さい」

近藤駿輔刑事は言った。

「さあ、今度は、須磨直行君のほうだ。絶対寝坊はしないと約束してもらおう。目覚まし時計を掛けておけば寝坊などということはないだろう」

小深田のぞみは、須磨直行君にも用紙を渡した。

小深田のぞみは言った。

「直行君、君も来年は小学一年生になるのだから、しっかりしないとね」

近藤駿輔刑事は言った。

「今度父親にも会ってみたいな。須磨直行君、念書を提出する時は父親と来なさい。お母さん、いいですか」

須磨由利子は言った。

「はい。言っておきます」

須磨直行と須磨由利子は、帰って行った。

白露の風が、スーっと吹いた。

近藤駿輔刑事は言った。

「小深田さん、須磨親子は大丈夫でしょうか。問題なく暮らしていければいいのですが」

小深田のぞみは言った。

「須磨さんの住所を見ると、この夢燕区役所にも、夢燕病院にも、比較的近い所にあります。私も気をつけておきますよ」

近藤駿輔刑事は言った。

「昨日まで蒸し暑かったのに、今日はちょっと涼しいな。家が近いということはいいことだ。私も控えているので、大事になったらすぐ呼んで下さい。児童相談所さんとは、当然連携してやらなければならない。今日は白露か。では、私も失礼します」

近藤駿輔刑事も児童安全課へ戻って行った。

2 移動

それから、三日が経った。児童相談所へ須磨健治《すまけんじ》という男性と一緒に、須磨直行がやって来た。

小深田のぞみ相談員は、すぐ児童安全課へ電話をした。担当の近藤駿輔刑事はすぐに駆けつけた。

小深田のぞみは言った。

「近藤刑事、あちらで待ってもらっています」

近藤駿輔刑事は言った。

「念書の書類は受け取りましたか」

小深田のぞみは言った。

「いえ、まだ」

近藤駿輔刑事は言った。

「わかった」

近藤駿輔刑事は、須磨親子に面会すると、言った。

「お父さん、念書を持って来ましたか。子供は大事でしょう」

須磨健治は言った。

「私は、子供を虐待などしていません。ちょっと注意しただけです。それから、念書の書類を一応書いてきました」

須磨健治は念書の書類を提出した。

近藤駿輔刑事は受け取って言った。

「少し待って下さい。すぐ確認します」

近藤駿輔刑事は書類に目を通した。

そして、言った。

「よろしい。今回は注意ということで済ませることとする」

近藤駿輔刑事は言った。

「須磨直行君、絶対朝寝坊などするな。目覚まし時計を掛けておくんだ。それから、前の晩早く寝ることだよ」

須磨健治は言った。

「今度、私、転勤になりまして、オーストラリアのメルヘン市に来年の三月から行くことになっています。妻も直行も一緒に連れて行くつもりです」

近藤駿輔刑事は言った。

「ああ、そうですか。長く行くのですか」

須磨健治は言った。

「私は会社の命令で動いているんで、長くなるか、早く日本へ戻ってこられるか、全くわかりません。貿易会社というのは難しいのです」

須磨直行は言った。

「僕、もう朝寝坊なんて絶対しないよ」

近藤駿輔刑事は言った。

「よろしい。オーストラリアへ行っても、元気でいるんだぞ。早くいい友達を作るんだ。気候にも早く慣れるんだ。メルヘン市じゃ一年中暑いかもしれないぞ」

須磨健治は言った。

「大事な息子を日本においていく訳にはいかないですから。海外経験を通して、優秀な人間になって欲しいです」

近藤駿輔刑事は言った。

「だからと言って、怪我をさせるほど怒ってはいけないよ。どこの親も、自分の息子は、優秀に育ってほしいに決まっている。世間へ出て行って勝っていけるようにしたいに決まっている。しかし、その人間の天性というものがある。仕方ないんだ。健康に生きて行ければ良しとするしかない。死んでしまってはしょうがない」

須磨健治は言った。

「生きていければって、それはそうなんですが、少しでもいい暮らしをさせてやりたいじゃないですか。貧しい暮らしではしょうがない。これは家の方針です」

近藤駿輔刑事は言った。

「くれぐれも行き過ぎないように。みんな、元気で暮らして行くんだ。健闘を祈るよ」

須磨直行は言った。

「僕、カンガルーを見るの楽しみなんだ。有袋類ってどんなだろう」

近藤駿輔刑事は言った。

「有袋類ってお腹に袋が付いているやつだろう。おじさんはよく知らないが、その中で子供を育てるらしいぞ。

直行君、気を付けて行くんだぞ。何かあったらすぐ助けを呼ぶんだ。逃げるんだ。くれぐれも危険なことはするな。用心してかかるんだ。元気で行ってきなさい。さあ、行っていいよ」

須磨健治、直行親子は帰って行った。

小深田のぞみは言った。

「大丈夫でしょうか。須磨さん一家、心配ですね」

近藤駿輔刑事は言った。

「貿易会社に勤めているんなら、優秀な人だろう。たぶん大丈夫だろう。それでは、私も警察署へ帰らせてもらいますよ」

近藤駿輔刑事も児童相談所を後にした。

ある日、須磨健治、由利子、直行は夢燕空港にいた。そして、夢燕空港から、オーストラリアのメルヘン市行きのムササビ三号に乗った。飛行機の窓から外を眺めていると、大都会が段々小さくなって行った。

やがて青い空が広がった。

メルヘン市空港からタクシーで、須磨健治が先に段取りを付けてあったアパートへ行った。

二階の部屋のドアを開け、入って行くとリビングに先に送った荷物がドカッと置いてあった。須磨健治、由利子、直行の三人は、荷物を片付けだした。昼頃着いたので、昼食はメルヘン市の空港のレストランで食べてきたのだ。そして、粗方片付けが終わると、夕食にした。夕食は空港で買って来たものだった。三人はやっとソファーに座って寛いだ。

須磨由利子は言った。

「いいソファーがあったね」

須磨健治が言った。

「前回、段取りを付けに来た時、すでに部屋の契約と家具や電化製品の購入をしておいたのだ。勿論、電気、ガス、水道も今日から使える。毛布、布団、衣類、食器、その他は送っておいたものを片付けた。これで良しと」

須磨由利子は言った。

「それじゃ、お風呂へ入って寝ましょう。今日は疲れたでしょう」

須磨健治は言った。

「お風呂、私から入るよ。使い方がわからないと困るだろうから、入ってから説明するよ」

須磨健治は、風呂の準備をして風呂に入った。その後、須磨健治は風呂の使い方を説明して、由利子と直行が一緒に風呂に入った。
そして、三人は眠りに就いた。

3　有袋坂

須磨直行は、両親の見守る中メルヘン市小学校の入学式に出席した。

誕生日が過ぎて六歳になった須磨直行は、自動翻訳機を持って入学式に望んだ。

母、須磨由利子は、片言の英語ができたが自動翻訳機も持っていた。

父、須磨健治は、英語は堪能だった。

小学校の入学式が無事に終わった。

須磨直行は、メルヘン市小学校へ毎日通った。友達もすぐ二人できた。クリス・アルバートとトム・ミーンドールだ。

そして、町外れに有袋山《ゆうたい》という小さな山があることを知った。有袋山は死火山で、頂上までの道は有袋坂と言われていた。高さはあまりなく、山と言うよりも丘といった所だった。

須磨直行は、有袋山へ登ってみたくなった。

須磨直行は言った。

「有袋山へ登るには、どう行けばいいんだ」

クリス・アルバートは答えた。

「有袋山の登り口までバスで行って、そこから有袋坂を登ればいいよ。有袋坂はなだらかな坂道で、すぐ頂上まで登れるよ」

須磨直行は言った。

「案内してくれないか」

クリス・アルバートは言った。

「行ってもいいよ。トム・ミーンドールも誘おうよ。頂上から、カンガルーが見られるかもしれないよ。えーと、五月十日はどう？」

須磨直行は言った。

「えーと、五月十日というと学校は休みの日だね。いいよ。それから僕は両親には内緒にするよ。うるさいからね」

それから二人は、トム・ミーンドールの所へ行った。

クリス・アルバートは言った。

「五月十日の休日に須磨直行君と僕は有袋山へ登るけど、トム・ミーンドール君も行かないかい?」

トム・ミーンドールは言った。

「行ってもいいよ。有袋山だったら、前にも行ったことあるよ。夜行けば頂上から活動しているカンガルーを見ることができるかもしれないよ」

三人は、有袋山へ登る約束をした。須磨直行は、段々英語が話せるようになってきた。

有袋山へ登る前日だった。土砂降りの雨だった。三人は、当日雨だったら中止することを決めていた。しかし、夕方には雨は止んだ。

いよいよ五月十日の夜の一時、集合場所はメルヘン市駅のバス停だった。須磨直行のアパートからメルヘン市駅は近い所にあった。須磨直行は懐中電灯を手に持ち、リュックサックを背負って家をこっそり抜け出した。

バス停に着くと、クリス・アルバートとトム・ミーンドールはもう来ていた。そして、トム・ミーンドールの父ケリー・ミーンドールさんも来ていた。実は、ケリー・ミーンドールさんも一緒に行くことになっていた。

ケリー・ミーンドールさんは言った。

「さあ、三人揃ったな。一時十五分にバスが出る。それに乗るよ。そして、有袋坂入口で下りる。有袋坂入口まで一時間ぐらいだ。有袋坂の入口から頂上までは歩いて三十分ぐらいだ。

ただ、昨日雨が降っているよね。道は滑ると思う。気を付けて行くんだ。

公衆トイレは有袋坂入口に一つ、頂上にも一つあるよ。外灯も所々にある。でも、懐中電灯を点けて行ったほうがいい。そして、私も入れて四人、はぐれないように行くんだ。

山というよりも、ちょっとしたなだらかな丘なんだ。では、行こう」

四人は、ケリー・ミーンドールさんを先頭にバスに乗った。窓の外は暗闇が広がり、明かりが点々としていた。バスは暗闇の中を走った。外灯が近づいては遠のいて行く。バスのスピードが上がった。須磨直行は心臓がドキドキした。これから何が起きるのだろうか。自分にとっては未知の世界である。

大自然が見られるのだろうか。好奇心からどんどん心がひかれて行く。さあ、どんなものが現われるだろうか。やがて、有袋坂入口に着いた。

ケリー・ミーンドールさんは言った。

「さあ、降りるぞ」

須磨直行は、ケリー・ミーンドールさんが来てくれて良かったと思った。やはり子供たち三人で行くのでは不安であった。

トム・ミーンドールの父ケリー・ミーンドールさんは、メルヘン市の市役所観光課に勤めている。

四人はバスを下りた。夜空には星が綺麗に輝いでいた。その美しさに、須磨直行はついつい見とれていた。

ケリー・ミーンドールさんは言った。

「さあ、さあ、行くよ、須磨直行君」

四人は、有袋坂を登り始めた。それほどきつい坂ではないのだが、足元には気を付けて登って行った。懐中電灯で照らして進んで行くと、何か動物がいるようだ。

須磨直行は言った。

「何か動物がいるぞ。あそこ、あそこ、目が光っている」

ケリー・ミーンドールさんは言った。

「バンディクートだ」

みんな立ち止まった。すると、道の少し先をバンディクートが横切って行った。大きなネズミのようである。

須磨直行は言った。

「ネズミみたいだね」

ケリー・ミーンドールさんは言った。

「あれも、有袋類なんだよ」

四人はまた歩き始めた。有袋坂をどんどん登って行った。やっと頂上に着いた。

有袋山の頂上は、草が所々に生えていた。

太陽はまだ見えないが、朝焼けがしていた。

地平線が明るいのだ。頂上から見下ろす景色は素晴らしかった。夜が明け始めて、仄《ほの》かに明るい草原をカンガルーの群れが走っていく。カンガルーたちは何か呟《つぶや》いているようである。

「夜が明けるぞ。急げ急げ」と、声を掛け合って走っているようである。

カンガルーは夜行性なんだ。カンガルーたちは、少しの間に通り過ぎて行った。

トム・ミーンドールは言った。

「カンガルーの群れ、見れたね」

須磨直行は言った。

「はい、見えた、見えた。面白かったよ」

クリス・アルバートは言った。

「カンガルー見れて良かったね。あれは、多分アカカンガルーだよ」

ケリー・ミーンドールは言った。

「そう、アカカンガルーだよ」

四人は、しばらくの間、大きな景色を眺めていた。さわやかで、気持ちよく、心が洗われるような感じがした。

ケリー・ミーンドールは言った。

「山小屋へ行って朝食にしよう」

四人は、山小屋の食堂で朝食を取った。支払いは全部ケリー・ミーンドールさんがしてくれた。

また、アカカンガルーの小さな写真を、子供たちは買ってもらった。

四人は少し休憩すると、有袋坂を下り始めた。昨日、雨が降ったばかりの有袋坂は、非常に滑りやすくなっていた。登りは、何とか登って来られたが、下るとなると大変だった。

ケリー・ミーンドールこそ一度も転ばなかったが、子供たちは、何回か転んでし

まった。三人ともズボンが泥だらけになってしまった。

有袋坂入口まで下りて来ると、近くの店で安いズボンを買ってもらった。泥だらけのズボンをはいていては、バスに乗れないからだ。上着は汚れなくて良かった。

四人はメルヘン市駅までバスで戻って来て、解散した。

4 児童虐待

須磨直行は、アパートのドアをそっと開けた。

しかし、その時だった。

須磨健治の怒鳴り声がした。

「直行！　お前どこへ行ってたんだ」

須磨直行は、しまったと思った。見つかってしまった。

須磨直行は言った。

「ごめんなさい。有袋山へ行って来た」

須磨健治は言った。

「誰と行ったんだ」

須磨直行は言った。

「トム・ミーンドール君とそのお父さんのケリー・ミーンドールさんとクリス・アルバート君と僕の四人で行って来た」

「馬鹿野郎！」

健治の平手打ちが飛んできた。直行はぶっ飛ばされてしまった。

さらに須磨健治は言った。

「親に無断で出かけるな。ここは外国だぞ。お前、朝飯抜きだ！」

須磨直行は、倒れたまま何も言わなかったが、心の中で思った。朝食ならケリー・ミーンドールさんにいただいたのでお腹は空いていないのだが、あ、痛たたあ。

須磨由利子がやって来て言った。

「あなた、朝ごはん早く食べないと会社遅れるわよ。あら、直行、そのズボンどうしたの？」

須磨直行は言った。

「有袋坂がすごく滑って、泥だらけになっちゃたんだよ。それで、帰りにケリー・ミーンドールさんが買ってくれたんだ。泥だらけになった自分のはリュックにあるよ」

須磨由利子は言った。

「じゃズボンは洗濯物へ出しておきなさい。ケリー・ミーンドールさんに連絡して、お礼を言っておいたほうがいいね」

須磨健治は言った。

「由利子、お礼を言っておいてくれ。私は仕事へ行くので、会社から帰ったらまた話そう、直行」

この日は五月十日、学校は休みである。須磨直行は洗濯物を出し、シャワーを浴びて寝てしまった。

須磨由利子は、ケリー・ミーンドールさんの家へ電話して、お礼を言った。

そして、夕方須磨健治が会社から帰って来て、須磨直行は両親に有袋山へ行ったことを詳しく説明した。特にカンガルーの群れを見られたことは感動したと言った。

須磨健治は言った。

「親に内緒で出掛けるなんて許し難いぞ。四つん這《ば》いになりなさい」

須磨直行は四つん這いになった。

須磨健治は、お尻を何発か叩いた。

須磨直行は、涙が出てきた。

須磨直行は厳しく育てられた。

段々英語ができるようになってきた。英語以外の科目の成績も、それほど悪くなかった。

オーストラリアは、春は九月～十一月、夏は十二月～二月、秋は三月～五月、冬は六月～八月であった。

五月が終わり、月日が経ち十一月になった。

須磨直行は、昼休み、トム・ミーンドールと小学校の校庭にあるベンチに座って、雑談をしていた。そこへクリス・アルバートがやって来た。

クリス・アルバートは言った。

「須磨君、ミーンドール君、うちの父が動物園へ案内したいって言っているんだけど、行かないかい。前に、ミーンドール君のお父さんさんに有袋山へカンガルーを見に連れて行ってもらったから、そのお返しにって言うんだけど」

トム・ミーンドールは言った。

「嬉しい。ぜひ連れて行って欲しいよ」

須磨直行は言った。

「僕も行きたいな。親に相談してみるよ。いつ行くのですか」

クリス・アルバートは言った。

「父はホセ・アルバートというんだけど、夏休みの最初のほうの日程にするよ。まだはっきりとは決まってないんだ」

それから、須磨直行は両親に相談した。

須磨健治は言った。

「行ってもいいよ。気を付けて行って来い」

須磨由利子は言った。

「いいね。お前ばっかり旅行に行けて、私も行きたいくらいだね。十分準備をしてから行くんだよ」

須磨健治は言った。

「トム・ミーンドール君とそのお父さんのケリー・ミーンドールさんには有袋山、クリス・アルバート君とそのお父さんのホセ・アルバートさんには動物園へとなると、家でも何かしてやらなければいけないよ。私たちはまだオーストラリアには詳しくないから、旅行はしてあげられないね。こういうのはどうだ。日本の民族衣装の浴衣《ゆかた》をプレゼントするんだ。でも、喜ぶかな。オーストラリアでは必要ないから意味ないか」

須磨由利子は言った。

「いいんじゃない。浴衣で」

須磨健治は言った。

「直行、トム・ミーンドール君とクリス・アルバート君の身長とかサイズを聞いてこい。お父さんが、日本から特別にとりよせるので頼むよ」

須磨直行は言った。

「わかった。でも、浴衣、喜んでくれるかな」

須磨由利子は言った。

「じゃあ、バスタオルも付けてあげたらどう？」

須磨直行は言った。

「バスタオルも付けたらお金かかっちゃうじゃないの」

須磨健治は言った。

「お金なら大丈夫だ。浴衣とバスタオルにしよう。直行いいかね」

須磨直行は言った。

「民族衣装なんて、箪笥《たんす》の肥《こ》やしになってしまうだけだよ」

須磨健治は言った。

「それでは、上等のバスタオルだけというのはどうだ」

須磨由利子は言った。

「そのほうがいいかもしれないね」

須磨直行は言った。

「どうするの？　それじゃ、身長とかサイズは聞かなくていいんだね。でも、二人とも太ってはいないから。トム・ミーンドール君は背が高くて、クリス・アルバート君は、僕と同じくらい」

須磨健治は言った。

「上等のバスタオルをあげることに決定しよう」

5　児童虐待（姫野咲ちゃん事件）

一方、日本では、児童安全課で電話が鳴り響いていた。

担当の遠藤裕美子事務長が出た。

「こちらは、児童安全課です」

すると、

「私は、夢燕病院の医師夏目《なつめ》雅隆《まさたか》です。虐待されていると思われる子がいますのですぐ来て下さい」

遠藤裕美子事務長は言った。

「行ける刑事に電話をかわります」

「近衛刑事、電話に出て話を聞いて、出動して下さい」

近衛有矢刑事は言った。

「はい、電話かわりました。もう一度最初からお願いします」

夏目雅隆は言った。

「私は、夢燕病院の医師夏目雅隆です。虐待されていると思われる子供がいます」

近衛有矢刑事は言った。

「その子の名前と年齢を言って下さい」

夏目雅隆医師は言った。

「姫野《ひめの》咲《さき》さん、女の子、六歳です。かなり瘦せていて、顔に痣《あざ》があります。そして、意識がありません。すぐ入院させますが、虐待が疑われるように思います」

近衛有矢刑事は言った。

「すぐ行きます」

近衛有矢刑事は、車ですぐに夢燕病院へ行った。

受付
nation
WZ 101

病室へ行くと姫野咲の両親がいた。

近衛有矢刑事は言った。

「私は児童安全課の近衛です。医師から連絡がありました。咲さんの様子を見せて下さい」

父の姫野知紀《ひめのとものり》は言った。

「どうぞ、ご苦労様です。咲は今朝から意識がないのです」

近衛有矢刑事は、ベッドで酸素吸入をして寝ている咲を見た。確かに、顔に痣があった。そして、随分と痩せているようだった。

近衛有矢刑事は言った。

「お父さん、談話室へ来て下さい。私と少しお話をしましょう。まず、お父さんのお名前を教えて下さい」

「姫野知紀です」

近衛有矢刑事は言った。

「咲さんの顔の痣は、どうされたのですか」

姫野知紀は言った。

「知りません」

近衛有矢刑事は言った。

「咲さんは、いつから元気がないのですか」

姫野知紀は言った。

「元気がないと言えばないのですが、普通に生活していました。今日は起きてこないので、私が病院へ連れてきました」

近衛有矢刑事は言った。

「夏目先生は、何と言われましたか」

姫野知紀は言った。

「栄養失調だと言うのです」

近衛有矢刑事は言った。

「ちゃんとご飯は食べていましたか」

姫野知紀は言った。

「いや、妻の里加子《りかこ》が、ご飯は茶碗の半分でいいんだと言うから、そうしていました」

近衛有矢刑事は言った。

「それは、量が少ないんじゃないかな。では母親からも話を聞きたいので、母親と交替して下さい」

姫野知紀が談話室から出て行き、母親が入って来た。

近衛有矢刑事は言った。

「まず、名前を言って下さい」

「姫野里加子と言います」

近衛有矢刑事は言った。

「姫野咲さんになぜちゃんとご飯を食べさせないのですか」

姫野里加子は言った。

「私は、ママ友の高石野々花《たかいしののか》さんに、六歳の女の子は茶碗半分でいいのよと言われて、そうしたんです」

近衛有矢刑事は言った。

「高石野々花さんというのは、どういう人ですか」

姫野里加子は言った。

「咲と同級生の高石椿《たかいしつばき》ちゃんの母親です。高石野々花さんがお金を貸して欲しいと言うので、十万円貸したのですが返してくれないのです。さらに怖いのです。高石野々花さんの旦那さんは高石建設で係長をしていて、高石林蔵《たかいしりんぞう》と言います。私の夫、姫野知紀も同じ会社で働いているのですが、夫はまだ平社員です」

近衛有矢刑事は言った。

「なるほど。それで高石野々花さんはどう怖いのですか」

姫野里加子は言った。

「言う通りにしないと殺すよ、とか言うんです」

近衛有矢刑事は言った。

「待てよ、高石建設の高石林蔵は、苗字が高石ということは、高石建設と何か関係があるんじゃないのか」

姫野里加子は言った。

「社長は、高石林蔵の伯父の高石誠蔵《たかいしせいぞう》という人です」

近衛有矢刑事は言った。

「そうか、高石野々花に話を聞こう。そして、十万円は私が取り返してあげよう。しかし、姫野咲さんの顔の痣はどうしたんだ」

姫野里加子は言った。

「あれは、……知紀が殴ったのです」

近衛有矢刑事は言った。

「えっ、さっき聞いたら、知らないと言ってたぞ」

姫野里加子は言った。

「夫の知紀は、日常的に咲を殴る癖《くせ》があって、時々殴っていました」

近衛有矢刑事は言った。

「姫野咲さんの怪我の状態を写真に撮らせてもらいますよ」

近衛有矢刑事と姫野里加子は、咲の病室へ行った。病室では、姫野知紀が咲を見ていた。

近衛有矢刑事は、姫野咲の写真を撮った。そばには婦人警官が一人付いていた。

それから、姫野知紀と姫野里加子は、児童虐待防止法違反で逮捕され拘留された。

そして、六歳の姫野咲は段々体力が回復してくると退院し、児童養護施設へ入ることになった。

姫野里加子のママ友の高石野々花も脅迫罪などで逮捕された。

6 ― 有袋類

近藤駿輔刑事は言った。

「近衛有矢刑事、姫野さん事件、おつかれさまでした」

近衛有矢刑事は言った。

「いえいえ、何とか姫野咲ちゃん元気を取り戻して来たみたいで良かった。近藤駿輔刑事、須磨直行君事件どうなりましたか」

近藤駿輔刑事は言った。

「それが、オーストラリアへ行ってしまってわからないのですよ。大丈夫だといいのですが心配です」

その頃、オーストラリアでは、ホセ・アルバートさんが自分の車に息子のクリス・アルバートとその友達のトム・ミーンドールと須磨直行を乗せて、アニマル・パークへ行った。

須磨直行は言った。

「わお！　カンガルーだ」

トム・ミーンドールは言った。

「有袋類はほとんど夜行性なんだ。カンガルーはジャンプが得意だね。でも、後ろへは進めないよね。尻尾はがっちりしていて、尻尾で立ったりするんだ。母親はお腹の袋の中で子供を育てたりするんだ」

クリス・アルバートは言った。

「カンガルーとワラビーの違いわかる？」

須磨直行は答えた。

「体の大きさが違うだけなんだ。大型なのがカンガルー、中型なのがワラルー、小型なのがワラビーだね」

　ホセ・アルバートは言った。

「さあ、みんな指定の餌《えさ》を買ってあげるから、ワラビーに餌をやろう」

　子供たちは、餌を買ってもらってワラビーに餌をやった。ワラビーは美味しそうにムシャムシャと食べた。

　餌をワラビーにやり終えると、四人は次のスペースへ行った。

　コアラの親子がいた。コアラを抱っこすることができた。縫いぐるみを抱いているような感じだが重かった。とても可愛いかった。

　次のスペースには、ウォンバットがいた。子豚を茶色にしてお腹に袋を付けたようだ。とても面白かった。

　さらに四人は次のスペースへ行った。バンディクートがいた。袋を付けた大きな鼠のようだ。

　須磨直行は、興奮して言った。

「あ、こいつだ、こいつだ。有袋坂で見たやつだ」

五月に有袋山へ登った時、有袋坂で遭遇した。トム・ミーンドールもクリス・アルバートも、口を揃えて言った。

「そう、そう、あの時のやつだ」

三人の子供たちは、口を揃えて言った。

「バンディクートって言うんだ」

四人は次の展示室へ行った。フクロギツネがいた。ポッサムとも言われ、木登りが得意なようである。

次の展示スペースへ行くとフクロムササビがいた。ユーカリの木に住み、若芽を食べる。前足から後ろ足まである飛膜《ひまく》を広げて、木から木へ滑空することができ、長い尾は舵の役目をする。

次の展示スペースへ行くとフクロアリクイがいた。有袋類では夜行性が多い中で珍しく昼間だけ活動する。十センチぐらいの長い舌を持ち、シロアリを舐め取る。

次の展示スペースへ行くとタスマニアデビルがいた。肉食動物で、タスマニア島にのみ棲息している。自分より大きな動物でも食べることがある。

次の展示スペースへ行くとクォッカがいた。希少種で、顔が笑っているように見える有袋類である。

四人は一通り展示動物を見ると、アニマル・パークを後にした。そして、近くのレストランで昼食を取って、帰宅した。

須磨直行は言った。

「母さん、帰ったよ」

須磨由利子は言った。

「どうだった？」

須磨直行は言った。

「良かったよ。楽しかった。いろんな有袋類が見れた。それに、ワラビーに餌をやったりした」

須磨由利子は言った。

「コアラはいたの？」

須磨直行は言った。

「いたよ。抱っこさせてもらったよ。重かった。でも、土産はないよ。僕の思い出になっただけ」

須磨由利子は言った。

「土産はいらないよ。お前の思い出ができれば充分だよ」

そのうちに、須磨健治が会社から帰って来た。

須磨健治は言った。

「クリス・アルバート君とトム・ミーンドール君の家へ高級バスタオルの贈り物を今日送ったからね。そのうち着くだろう。どうだったんだ、アニマル・パークは？」

須磨直行は言った。

「良かった。とても楽しかった」

須磨健治は言った。

「それは、良かった。夕飯を食べたら風呂に入って、今日は早く休みなさい」

須磨直行は、うなずいた。

「うん」

7 ―― 児童虐待（下川縫ちゃん事件）

ここは児童安全課、電話が鳴った。遠藤裕美子児童安全課事務長が出た。

「こちらは、児童安全課です」

すると、電話は言った。

「下川美奇《しもかわみき》と言いますが、娘が保育園で虐待されているようなんです」

遠藤裕美子事務長は言った。

「娘さんの名前と年齢を教えて下さい」

下川美奇は言った。

「娘は下川縫《しもかわぬい》、五歳です」

遠藤裕美子事務長は言った。

「どちらの保育園でしょうか」

下川美奇は言った。

「りんどう星保育園です」

遠藤裕美子事務長は言った。

「わかりました。お宅の場所を教えて下さい。すぐ土方敏樹という刑事を行かせます」

下川美奇の自宅へ土方敏樹刑事が到着した。

土方敏樹刑事は警察の身分証明書を見せ、応接間へ上がった。

ソファーの端に座っている男が言った。

「私は下川由紀夫《しもかわゆきお》と言います。この子が娘の下川縫です」

ソファーに澄ました表情で座っている女の子を手で指した。

下川由紀夫は言った。

「娘はりんどう星保育園へ入園して一年ぐらいになるのですが、近頃行きたくないと言うようになったのです。妻の美奇が行かせようとすると、玄関のドアの取っ手にしがみついて泣き叫び、嫌がるようになりました」

そこへ、下川美奇がお茶を持って入って来た。そして、土方敏樹刑事にお茶を出すと腰掛け、言った。

「妻の下川美奇です。縫が、平手で叩かれたと言うんです。縫は別に悪くないんですよ。しかも、いきなり叩くらしいんです」

下川由紀夫が言った。

「縫の足首を持って逆さづりにし、さらには振り回されたりしているようなんです。縫が怖がっていますよ。

また、倉庫へ閉じ込めたり、カッターナイフを見せて脅したりするのです。子供の顔に水性ペンで髭《ひげ》や眉毛を描いたり、つまり園児の顔に落書きをして、写真を撮ったりするようです。保育士が園児を呼ぶときに、よその子供さんにも、ブスとかデブとか、容姿を馬鹿にした呼び方をするようなのです。

昼寝の時間に、先に寝かしつけた子に、ご臨終ですと発言したりするようなのです。まだ眠りについてない子供が変に思いますよ。

縫は、今日から休ませます」

土方敏樹刑事は言った。

「保育園という密室での不適切保育は、さぞ心配なことと思います。わかりました。すぐりんどう星保育園へ行ってきます」

土方敏樹刑事が立ち上がって退出しようとした時、下川縫が言った。

「これ見て」

下川縫の背中に、あちこち痣があった。足にも痣があった。

下川縫は言った。

「保育園の先生に叩かれたの」

土方敏樹刑事は言った。

「なるほど、これは酷いな」

土方敏樹刑事は、背中と足の写真を撮った。

「では、行ってきます」

土方敏樹刑事は退出した。

土方敏樹刑事は、りんどう星保育園へやって来た。

「園長先生と面会したいのですが」

入口に出た保育士が、応接室へ土方敏樹刑事を通した。応接室は職員室と繋がっていた。土方敏樹刑事はソファーに座って少し待った。園長がやって来た。

土方敏樹刑事は言った。

「児童が虐待されているとの訴えがありました」

園長先生は言った。

「知りませんね。私は、園長の桜川伸子《さくらがわのぶこ》と言います」

桜川伸子は名刺を出した。土方敏樹刑事は、身分証明書を見せた。そして、桜川伸子園長先生の名刺を受け取った。土方敏樹刑事は、下川から聞いた一部始終を話した。

桜川伸子園長は、再び言った。

「知りませんね」

POLICE
WZ 101

土方敏樹刑事は言った。

「園児のいる教室や遊戯場へ、防犯カメラを設置させてください。十台です」

桜川伸子園長は言った。

「え、この小さな保育園へ十台もなんて、不適切保育なんてやっていませんよ。今から設置するのですか」

土方敏樹刑事は言った。

「いいえ、園内をいろいろ見せてもらいたい。そして、準備をし段取りを考えて、また日を改めて設置に伺《うかが》います」

桜川伸子園長は、土方敏樹刑事に保育園内を案内した。

土方敏樹刑事は、時々メモを取っていたが言った。

「保育園内の園内図はないのですか」

桜川伸子園長は言った。

「ありますよ。コピーしましょうか」

土方敏樹刑事は言った。

「そうして下さい」

土方敏樹刑事は、桜川伸子園長からりんどう星保育園の園内図をもらい、帰った。

土方敏樹刑事は言った。

「りんどう星保育園へ行って来ました。やはり園長先生は、知りません、知りません、の一点張りですよ。そこで、防犯カメラを設置しようと思うのです。しかし、時間がかかります。設置してから相当時間をかけて、様子を見なければいけないし、解析するのにも時間がかかるでしょう。

下川縫ちゃんはどうしますか。りんどう星保育園へこのまま行かせますか。別の保育園に替えますか」

下川由紀夫は言った。

「防犯カメラの設置完了を教えて下さい。そしたら行かせます。防犯カメラを設置すれば、児童虐待なんてないと思います。そういう物が設置してあれば、みんな気を付けると思います」

土方敏樹刑事は言った。

「わかりました。できるだけ早くりんどう星保育園に防犯カメラを設置します。設置したら連絡します」

下川美奇は言った。

「よろしくお願いいたします」

それから一週間経って、児童安全課の土方敏樹刑事から連絡が入った。防犯カメラを設置したということだった。

下川縫は少し嫌がったが、下川美奇が説得して、りんどう星保育園へ行った。

下川縫は、りんどう星保育園へ行く、と言った。

「先生、防犯カメラ付けたんだって」

桜川伸子園長先生は言った。

「もう大丈夫よ。防犯カメラで撮影してるんだもの、悪いことをする先生なんていませんよ。ほら、あれ、あれ、あの機械がそうよ」

桜川伸子は指を差した。

しかし、ひと月ぐらいしただろうか。

下川縫は言った。

「赤峰先生がいきなり叩いたの！」

縫の父親の下川由紀夫は、すぐ児童安全課の土方敏樹刑事に連絡した。

犯人は職員の赤峰康子《あかみねやすこ》だった。

赤峰康子は防犯カメラが設置されているのを忘れ、やってしまったのだった。


土方敏樹刑事は言った。

「赤峰康子、児童虐待で警察署まで来てもらおう」

一緒に来た近藤駿輔刑事は、防犯カメラの映像を確認した。証拠の写真がすぐできた。

赤峰康子は言った。

「私がやりました。理由は、つまらなかったからです」

土方敏樹刑事は言った。

「つまらない？　だからと言って児童を虐待してはいけないよ。前にも同じことをしただろう」

赤峰康子は言った。

「はい、前にもやりました」

赤峰康子と責任者の桜川伸子は、辞職した。

下川縫さんの事件は解決した。でも、防犯カメラはそのまま一年間設置しておくことになった。今後も他にも児童虐待をする先生がまだいるかもしれない、ということからだった。

8 児童虐待（伊村真我ちゃん事件）

「のどが乾いたよ。お母さん、のどが乾いた。のどが乾いた。のどが乾いた」

ベビーサークルの中で三歳の男の子、伊村真我《いむらしんが》は叫んだ。

しかし、誰もいない。窓は閉まっている。真夏の十五時頃だった。

伊村真我は、ベビーサークルを乗り越えようとしたが、転んでしまった。そのまま倒れてしまった。

その時、玄関のドアが開いた。児童安全課の阿部晴季刑事が入って来た。

阿部晴季刑事は言った。

「しっかりしなさい」

阿部晴季刑事は、救急車を呼んだ。

「オミナエシ団地の一階、一〇三号へお願いします。私は児童安全課の阿部晴季と言います」

「了解」

阿部晴季刑事は冷蔵庫を開けた。冷凍室に氷があった。タオルで氷を包み、伊村真我の額に当てた。氷を一かけ口へ入れた。伊村真我の意識が戻った。そこで、コップに水を注いで持って来て飲ませた。

伊村真我は言った。

「熱い、熱い……。おじさん誰?」

阿部晴季刑事は言った。

「坊主。運がいいな。おじさんが見つけなければ大変なことになっていたかもしれないぞ。お母さん、お父さんは、何処へ行ったんだ」

すると救急車がやって来た。

伊村真我は言った。

「頭が痛い。熱い」

救急救命士は言った。

「名前と歳を言えるかな?」

子供は言った。

「伊村真我、三歳」

阿部晴季刑事は言った。

「私は、オミナエシ団地をパトロールしている阿部晴季、刑事です。オミナエシ団地に入居している人は、ほとんどが藤崎電機株式会社の社員です。私は、藤崎電機からの申し出によって、一日一回午後二時から三時頃にパトロールを実施しているのです。部屋のカーテンが開いていていてぐったりしている子が見えたので、チャイムを鳴らしてみたのです。しかし、応答がなく、すぐに管理人に伝えて様子を見るために入ってみたのです」

救急救命士は言った。

「それでは夢燕病院へ搬送します」

伊村真我ちゃんを救急車へ乗せて運んだ。

阿部晴季刑事は、児童安全課へ電話した。

「こちら児童安全課の遠藤裕美子です」

「阿部晴季ですが、応援を一人頼みます。伊村真我という三歳の子が夢燕病院へ搬送されましたので、病院のほうをお願いしたい」

遠藤裕美子は言った。

「わかりました。近藤駿輔刑事に行ってもらいます」

阿部晴季刑事は言った。

「私は残りの部屋をパトロールしてから夢燕病院へ行きますので、それまでお願いします」

近藤駿輔刑事は言った。

「了解」

阿部晴季刑事は、置き手紙をテーブルの上に用意した。

子供を預かる。夢燕病院に迎えに来ること。夢燕警察児童安全課、阿部晴季。

阿部晴季刑事は、残りの部屋をパトロールし、異常がないことを確認すると夢燕病院へ向かった。

夢燕病院で手当てをしてもらった結果、案の定熱中症だった。伊村真我は、危機一髪のところで助けられた。大事な子供を放っておいて、両親は何処へ行ったのだ。伊村真我ちゃんは夢燕病院で保護されている。

阿部晴季刑事は夢燕病院へ行くと近藤駿輔刑事に会い、言った。

「伊村真我ちゃんはどう？」

近藤駿輔刑事は言った。

「命に別状はない。一日様子を見ようとのことだ。熱中症だ」

阿部晴季刑事は言った。

「お疲れ様です。後は私に任せて帰って下さい」

近藤駿輔刑事は言った。

「では、お先に」

近藤駿輔刑事は退出した。

日が落ちて来て十九時過ぎ、両親が病院に現われた。

「私は伊村真我の父、伊村無我《いむらむが》と言います」

「私は伊村真我の母、伊村笑子《いむらしょうこ》と言います。家の子はどうでしょうか」

阿部晴季刑事は言った。

「あなた方は子供を残して、何処へ行っていたんだ。真我ちゃんは熱中症で、一時は意識がなかったんだ。私が見つけなかったら大変なことになっていたぞ。しかし、真我ちゃんの容体は回復してきている。いつ出掛けたんだ?」

伊村無我は言った。

「朝、七時に出かけました」

阿部晴季刑事は言った。

「そうすると今十九時だから、十二時間ほったらかしか。これは育児放棄、ネグレクトだ」

伊村笑子は言った。

「私も、彼も、育児に疲れちゃって息抜きしたかったのよ」

阿部晴季刑事は言った。

「何をしてたんだ。十二時間もの間」

伊村無我は小さな声で言った。

「遊園地へ遊びに行ってました」

阿部晴季刑事は言った。

「なぜ一緒に連れて行かなかったんだね」

伊村無我は言った。

「育児が面倒くさくて」

伊村笑子も言った。

「そうよ。面倒くさいのよ」

阿部晴季刑事は言った。

「育児が面倒くさいのなら、施設へ入れるかね？」

伊村無我は少し考えて言った。

「すみません。自分たちで育てます」

阿部晴季刑事は言った。

「そうか。伊村笑子さん、あなたはどう思う？」

伊村笑子は言った。

「すみません。頑張って育てます」

阿部晴季刑事は言った。

「伊村無我さんは、藤崎電機へ勤めているんだろう。決して悪い会社じゃあないだろう。育児もしっかりやってもらわなければ困るよ。会社の責任者にも報告しておくからな。今日は有給休暇でも取ったのかね？」

伊村無我は言った。

「はい、そうです。有給休暇です」

阿部晴季刑事は言った。

「育児休暇というのもあるだろう」

伊村無我は言った。

「はい、あるようです。でも、取りづらくて。育児休暇を取らずに出勤している人に悪いでしょう。やたら休暇を取ると他の社員に残業や早出のしわ寄せが行って、他の社員はいい顔をしません。取りづらいです」

阿部晴季刑事は言った。

「遠慮しないで取らないと。藤崎電機の責任者に言っておくよ。そんなのお互い様だろう。

今回の件においては、厳重注意ということでパソコンへ入力しておくよ。頑張って」

伊村無我と笑子は言った。

「はい」

阿部晴季刑事は、夢燕病院を退出した。

看護師が入って来て言った。

「今日は一晩入院して下さい。明朝、医師の夏目雅隆先生と相談して退院して下さい」

伊村無我と笑子は言った。

「はい、ありがとうございます」

9——児童虐待（宮園聖子ちゃん事件）

阿部晴季刑事は、児童安全課へ戻って来た。

近藤駿輔刑事は言った。

「お疲れ様です」

遠藤裕美子事務長は言った。

「ご苦労様です」

近藤駿輔刑事は言った。

「阿部晴季刑事！　一緒に夕飯でも食べていきませんか」

阿部晴季刑事は言った。

「いや、まだ日報を入力しなければいけません。それからだから」

近藤駿輔刑事は言った。

「私が入力しておきましたから、ちょと確認してみて下さい」

阿部晴季刑事は、パソコンを開いてみた。

伊村真我ちゃん事件についてきちんと入力されていた。

阿部晴季刑事は言った。

「いいみたいですね。じゃあ食べに行きましょうか。今日の夜勤は誰ですか」

遠藤裕美子事務長が言った。

「近衛有矢刑事と土方敏樹刑事です。私も一緒に夕飯いいですか」

近藤駿輔刑事は言った。

「いいですよ。その代わり割り勘ですよ」

近藤駿輔刑事の車に、阿部晴季刑事と遠藤裕美子事務長が乗った。近くのレストラン、銀の鈴へ行った。

三人ともステーキを注文した。さらに、阿部晴季刑事はビールを注文した。近藤駿輔刑事は、車の運転があるので控えた。

阿部晴季刑事は言った。

「近藤さん、須磨直行ちゃんの件はどうなりましたか」

近藤駿輔刑事は言った。

「その後、オーストラリアで何もなければいいのですが。厳しい家庭のように思いますからね。何か気になるんだ」

阿部晴季刑事は言った。

「現地から何も連絡がないので、大丈夫だといいのですが」

さらに阿部晴季刑事が言った。

「伊村さんの育児放棄だが、藤崎電機の課長に話しておこうと思うのだが、いかがなものかな」

近藤駿輔刑事は言った。

「そうですね。きっと良くなりますよ」

遠藤裕美子事務長の携帯電話が鳴った。

遠藤裕美子事務長は、すぐにレストランの外へ出て行って言った。

「遠藤裕美子ですが」

「こちら児童安全課の土方敏樹です。別件の事件が入りました。近衛有矢刑事が出動しましたが、六歳の身体に障害のある児童ということです。場所はエメラルド園という施設で、犯行は二人がかりだと言うので応援をお願いしたいですが」

遠藤裕美子事務長は言った。

「わかりました。近藤駿輔刑事に行ってもらいます。そして、土方敏樹刑事も出動して下さい。署には私が戻ります。阿部晴季刑事はビールを飲んでいますから。阿部晴季刑事はタクシーで帰ってもらいます。私はタクシーで児童安全課へ戻ります。近藤さんは自分の車でそちらへ行きます。……障害者施設エメラルド園ですね」

土方敏樹刑事は言った。

「はいそうです。エメラルド園です。虐待をうけているのは、宮園聖子《みやぞのせいこ》さん、六歳の少女ようです。では、私も出動します」

MENU
PASTA
CARBONARA
PUTTANESCA
ARRABBIATA
PIZZA
MARGHERITA
MARINARA
QUATTRO FORMAGGI
PANINI
CAPRESE
PROSCIUTTO
TARTUFO

二十一時、近衛有矢刑事がエメラルド園に着いた。少年がいた。

近衛有矢刑事は言った。

「電話をくれたのは君かね」

少年は言った。

「僕です。宮園さんが、ヘルパーさん二人にさんざん平手打ちされています。助けて下さい」

近衛有矢刑事は言った。

「わかった。何処だ」

少年の後について、二階へ上った。

部屋へ入ると、ヘルパーの怒鳴り声が聞こえてきた。

「シャキっとしろ！　シャキっと！」

ヘルパーの平手が飛んだ。

「喝を入れてやる」

また、平手が飛んだ。

近衛有矢刑事は言った。

「こら！　やめないか」

近衛有矢刑事は、ヘルパーの腕を捕まえた。

もう一人のヘルパーが言った。

「私は何もしていませんから」

近衛有矢刑事は言った。

「君も同罪だよ。そこで見ていて止めにも入らないなんて」

少年が言った。

「そっちのヘルパーさんも、平手打ちやったよ」

そこへ近藤駿輔刑事と土方敏樹刑事もやって来た。

近衛有矢刑事は言った。

「名前は？」

平手打ちをしていたヘルパーが言った。

「鬼崎公一《おにさきこういち》と言います」

近藤駿輔刑事が、もう一人のヘルパーに言った。

「君も警察署まで来てもらうよ。名前は？」

もう一人のヘルパーが言った。

「高田真澄《たかだますみ》と言います」

近衛有矢刑事は言った。

「責任者を呼んで下さい」

高田真澄が一階へ下りて園長を呼んで来た。

「私がこのエメラルド園の園長の真緑勇二《まみどりゆうじ》です。どうかしましたか」

近衛有矢刑事は言った。

「鬼崎公一と高田真澄を児童虐待ということで逮捕します」

真緑勇二園長は言った。

「私は知らないよ。なんてことになったんだ。虐待されたのは宮園聖子さんですか」

宮園聖子は言った。

「はい、たくさん平手打ちされました。シャキっとしろって……」

宮園聖子は難病で歩くのも大変そうだった。

真緑勇二園長は言った。

「両親に連絡したほうがいいでしょう。警察へ電話したのは誰ですか」

少年が言った。

「僕、見ていて、これは酷い、怖いと思い電話しました」

土方敏樹刑事は言った。

「岡山《おかやま》君、ありがとう。もう怖くないよ。怖いことがあったらまたすぐ連絡しなさい」

真緑勇二園長は言った。

「岡山慎治《しんじ》君、もういい、自分の部屋へ戻りなさい」

宮園聖子はさんざん平手打ちされて、顔が腫れていた。

真緑勇二園長は言った。

「宮園聖子さん、顔を冷やしたほうがいいかもしれない」

真緑勇二園長は、保冷剤を二個と手拭いを二枚持って来た。

土方敏樹刑事は言った。

「私は知らないなんて、酷い園長だな。日常的に虐待があったんじゃないのか。まあいい、二人のヘルパーに聞いてみるとしよう」

近衛有矢刑事は言った。

「鬼崎公一！　車へ乗りなさい！　しばらく警察署で身柄を預かるぞ」

土方敏樹刑事は言った。

「高田真澄！　私の車へ乗りなさい！　警察署で身柄を預かることになる」

近藤駿輔刑事は言った。

「これで私たちは引き上げるが、真緑勇二園長にも天罰が下るかもしれません。覚悟を決めておくんだな」

真緑勇二園長は言った。

「どうもすみませんでした」

そして次の日から、鬼崎公一の取り調べが始まった。

近衛有矢刑事は言った。

「どうして宮園聖子さんを平手打ちしたりしたのですか」

鬼崎公一は言った。

「シャキっとしないから、喝を入れてやろうと思いやりました」

近衛有矢刑事は言った。

「平手打ちしたからと言って病気は治らないのだよ。これは傷害だ」

鬼崎公一は言った。

「宮園聖子ちゃんは甘えているのだ。私が何かと面倒を見てやれば、いい気になっている」

近衛有矢刑事は言った。

「本当にそうなのか？　他の人にも聞いてみるかね。エメラルド園の真緑勇二園長、そして、被害者の宮園聖子さんと、警察署に電話をしてくれた岡山慎治君にも話を聞いてみよう。そうすれば、宮園聖子さんが甘えていたかどうかわかるだろう」

鬼崎公一は一瞬の間黙っていたが、再びしゃべり出した。

「じゃあ聞いてみてくれ……」

近衛有矢刑事は言った。

「どれだけ平手打ちをしたんだ。日常的にそういうことをしていたのか」

鬼崎公一は言った。

「日常的になんてやってませんよ。昨日はたまたま十発ぐらい平手打ちをしたかもしれません」

近衛有矢刑事は言った。

「日常的にあったかどうかも、皆に聞いてみよう。昨日はどうして平手打ちをしたんだ。宮園聖子さんが甘えてばかりいるだけじゃ、わからないぞ」

鬼崎公一は黙っていた。そのうちに言った。

「知りません」

鬼崎公一の取り調べが終わると、高田真澄の取り調べが行われた。

高田真澄のほうも、同じようだった。

まもなく、エメラルド園の真緑勇二園長と、被害者の宮園聖子さんとその両親の宮《みや》園孝男《ぞのたかお》、宮園桂子《みやぞのけいこ》が呼び出された。

宮園孝男は言った。

「昨日、聖子を病院へ連れて行ったが、頭部打撲ということでした。診断書を書いてもらいました。エメラルド園に対して被害届を出したいと思います」

宮園聖子は言った。

「私は甘えてなんていません。いつも必死です。いつも叩かれたりしています。私は甘えてなんていません」

真緑勇二園長は言った。

「すみません。慰謝料をお払いしますので、公訴はしないで下さい。そして、今後はこのようなことがないようにします。鬼崎公一と高田真澄は解雇します」

宮園聖子は言った。

「きちんと誤ってくれるならもういいです」

宮園桂子は言った。

「本人がいいと言うなら訴えません」

鬼崎公一と高田真澄は釈放されたが、エメラルド園には戻れなかった。

そして、エメラルド園の園長だった真緑勇二園長も辞職した。

宮園聖子ちゃんが虐待されているところを見ていた岡山慎治にも、真緑勇二から慰謝料が支払われた。

これで宮園聖子ちゃん事件は解決した。

10 — 白露

真夏の暑い陽光がなくならない日々が続いている。

濃い緑の葉は、あの事件がなかったかのように色どりを増している。まだまだ夏は終わらないぞとばかりに緑が光っている。その中を小鳥たちが飛んだようだ。そうだ、公園の樹木の下だったな。子供の……、ああなんということだ。子供の……、ああ、かわいそうに……。三年前だっけ……。

近藤駿輔刑事は、記憶をたどっていった。窓から外を見ている。もう暦《こよみ》の上では秋がやってくるだろうに。

……坊やしっかりしなさい。誰にやられたんだ。

あどけない少年が、公園の樹木の下に倒れていた。

近藤駿輔刑事が、夢燕公園をパトロールしていた時だった。

すぐ救急車を呼んだが、助からなかった。その後、少年は、須磨直行十歳と判明した。

須磨直行は幼稚園の二年目に、父、須磨健治の仕事の都合でオーストラリアへ行き、四年後、九歳でまた父、須磨健治の転勤で日本へ帰って来たのであった。

須磨直行は夢燕小学校三年に転校して、勉学に励んでいた。

休み時間に、同級生の望月友隆《もちづきともたか》は言った。

「須磨君、オーストラリアの話をしてよ。オーストラリアのどの辺にいたの？」

須磨直行は言った。

「オーストラリアのメルヘン市にいたよ。オーストラリアでも南のほうだよ」

望月友隆は言った。

「有袋類は見た？」

須磨直行は言った。

「見たよ。特にカンガルーは良かった。広い草原を群れをなして歩いているんだ。気持ちが大きくなったしスカッとした」

望月友隆は言った。

「いいな、俺も見てみたいな」

そばにいた横川るいがしゃべり出した。

「今日、算数と理科のテストがあるぜ。お前ら大丈夫？」

望月友隆は言った。

「大丈夫、何とかなるさ」

須磨直行は言った。

「まずい。いい点取らないと、父に鞭《むち》で叩かれる」

横川るいは言った。

「それって虐待じゃないの」

須磨直行は言った。

「うちじゃあ、年中鞭で叩かれたり、ぶん殴られたりだよ」

須磨直行は教科書を広げた。

そばにいた相田麒麟《あいだきりん》が言った。

「オーストラリアへ行って、言葉はどうしたの？」

須磨直行は言った。

「少しは英語がわかるのだけど、わからない時は自動翻訳機を使ってた」

それから休み時間が終わり、算数のテストが行われた。

須磨直行は百点満点だった。そして、理科のテストが行われた。理科のテストにおいても、須磨直行は百点満点だった。

みんな顔を見合わせて驚いてしまった。

望月友隆は言った。

「僕らとレベルが違うよ」

横川るいが言った。

「悔しいな。もう殺すしかない」

相田麒麟が言った。

「みんなでいじめちまおう」

須磨直行は黙っていた。


どうして須磨直行君は殺されたのだ。

近藤駿輔刑事はいろいろ考えていた。以前虐待で問題になった児童だ。まず父親の須磨健治に話を聞いた。

近藤駿輔刑事は言った。

「私が夢燕公園をパトロールしていたのが九月八日朝七時だから、犯行があったのは五時から六時ぐらいだと思われる。九月八日のその時間、須磨健治さん、どこで何をされていましたか」

須磨健治は答えた。

「五時から六時というと、朝食を取っていました。それから、会社へ行く準備をしていました。いつも七時に家を出るのです。会社は八時からです」

近藤駿輔刑事は言った。

「そうですか。それでは須磨直行君はどうして夢燕公園にいたのでしょうか。心当たりはありませんか」

須磨健治は言った。

「直行は、毎朝ウォーキングをやっていまして、五時に出かけるのです。そのコースに夢燕公園があります」

近藤駿輔刑事は言った。

「なるほど、まさかあなたがまた虐待して、行き過ぎてしまったんじゃないだろうな?」

須磨健治は言った。

「虐待なんてしてないよ。大事な息子だよ」

近藤駿輔刑事は言った。

「それではよろしい。母親の須磨由利子さんとかわってください」

須磨健治は退室し、須磨由利子が入って来た。

近藤駿輔刑事は言った。

「私どもは、須磨直行君が事件にあったのは九月八日朝の五時から六時ぐらいだと読んでいます。須磨由利子さん、その時間帯どこで何をされてましたか？」

須磨由利子は言った。

「その時間帯なら、夫と朝食を取っていました」

その時、ドアをノックする音がした。

近藤駿輔刑事は言った。

「はい、どうぞ」

ドアが開いて、土方敏樹刑事が入って来た。そして、近藤駿輔刑事に耳打ちした。

近藤駿輔刑事は驚いた表情に変わり、言った。

「今、夢燕公園の入口の防犯カメラの解析が終わって、同じ年頃の少年二人と少し歳上の青年一人と一緒に、須磨直行君が夢燕公園へ入って行くところが映っていると報告があった。両親の虐待ではなく、この少年たちによる犯行かもしれない」

須磨由利子は言った。

「虐待だなんて、私も夫もやっていません。直行を殺した犯人を早く捕まえて下さいよ」

近藤駿輔刑事は言った。

「司法解剖の結果、体のあちらこちらに痣があり、虐待されていたことは間違いない。しかし、死因は首を絞められたことによるものだ。虐待が原因ではないようだ。それでは帰ってよろしい。弔《とむら》ってやって下さい」

須磨由利子は退出した。

阿部晴季刑事は、聞き込み調査に出ていた。

夢燕小学校の教師に防犯カメラの写真を見せたところ、少年二人は、須磨直行の同級生の横川るい、相田麒麟であることがわかった。

さらに、阿部晴季刑事が聞き込み調査をしたところ、もう一人の青年は、相田麒麟の兄の相田《あいだ》昇竜《しょうりゅう》であることがわかった。

近藤駿輔刑事も土方敏樹刑事も聞き込み調査に加わった。

相田兄弟は三人、一番上が長男相田昇竜十七歳、二番目が長女相田香理《かおり》十四歳、三番目が次男相田麒麟十歳であることがわかった。

さらに、聞き込み調査の結果、相田昇竜は評判が悪く、時々暴力を振るうことがあるということであった。そしてリーゼントの髪型が特徴的だった。

そんな時、横川るいと相田麒麟が自首して来た。

近衛有矢刑事が対応した。

横川るいは言った。

「ごめんなさい。私と友達の相田麒麟とそのお兄さんの相田昇竜さんの三人で、須磨直行君を殺しました」

相田麒麟は言った。

「ごめんなさい。須磨直行君を殺しました。兄は逃げたようです」

近衛有矢刑事は言った。

「相田昇竜を指名手配しよう」

11 逃走

その頃、相田昇竜は、自分の自転車で国道三四五号線を逃走していた。

近藤駿輔刑事は、聞き込みをしながら行方をさぐった。土方敏樹刑事も阿部晴季刑事も、聞き込み調査をしながら相田昇竜の行方を追った。

近衛有矢刑事は、自首して来た二人の取り調べをさらに進めていった。

近衛有矢刑事は言った。

「須磨君をどのようにして殺したんだ」

横川るいは言った。

「僕と相田麒麟が腕を押さえて、相田昇竜が首を絞めたんです」

近衛有矢刑事は言った。

「動気はなんだ。どういう理由で殺したんだ」

横川るいは言った。

「憎らしかったのです。羨《うらや》ましかったのです。あんなに勉強できるなんて、気に入らなかった」

近衛有矢刑事は言った。

「相田麒麟、お前はどうなんだ」

相田麒麟は言った。

「同感です。それで兄に頼んで殺しました」


近藤駿輔刑事と警官数人が、相田家へ押し込んだ。しかし、家の中を隈なく探したが、相田昇竜はいなかった。相田家の家族は、全員参考人として警察に呼ばれた。

近藤駿輔刑事は、つい荒っぽい声で言った。

「しまった。逃げられた」

近藤駿輔刑事は質問した。

「相田昇竜は何処へ行ったか知らないか」

相田香理は答えた。

「兄は自転車で出て行ったようです」

近藤駿輔刑事は言った。

「何処へ行ったんだ」

相田香理は言った。

「さあ、知らないわ」

近藤駿輔刑事は言った。

「どっちの方角へ行った？」

相田香理は言った。

「わかりません」

近藤駿輔刑事は言った。

「相田昇竜は自転車だ。すぐ見つかるだろう。手分けしてすぐ追え！　特徴はリーゼントの髪型だ！」

ところが、なかなか見つからなかった。ついに日が暮れた。そして、三日が経った。しかし、見つからなかった。

一週間が経ち、隣町の鳶《とんび》ケ丘駅の駐輪場で相田昇竜の自転車が見つかった。

近藤駿輔刑事は言った。

「鳶ケ丘駅から電車に乗ったのだろうか。電車に乗ったとすると、どちらの方面へ向かったのだろうか、忌々しいやつめ」

阿部晴季刑事がやって来て言った。

「近藤刑事！　聞き込み調査の結果、鳶ケ丘の理髪店で髪型を変えたものと思われます。ヘアーサロンアンジュラスで相田昇竜とそっくりの客が来て、ごく普通の髪型にしてくれと注文され、七三に分けた髪型にしたそうです」

近藤駿輔刑事は言った。

「なに！　変装しているとでも言うのか」

阿部晴季刑事は言った。

「おそらく」

近藤駿輔刑事は言った。

「くそう。相田昇竜め！」

近藤駿輔刑事は、リーゼントから七三に分けた髪型へと新たに相田昇竜のモンタージュ写真を作ることにした。

モンタージュ写真が出来上がると、新しい写真で全国に指名手配された。

さらに、五分刈りにした場合、坊主頭にした場合、ベレー帽を被った場合のモンタージュ写真も作られて、配られた。


相田昇竜は、横浜から各駅電車を乗り継ぎ、大阪へ来ていた。

安いホテルに偽名で宿泊していた。逃走資金は、高校一年の時からしていたアルバイト代が三十万ぐらいはあった。もちろん変装していた。柿沢勇二《かきざわゆうじ》と名乗っていた。

一泊目の夜であった。

東の天井のほうから、ムフフフ、ムフフフ、ムフフフと変な声が聞こえて来る。相田昇竜は、びっくりしてベットに横たわっていると、今度は西の天井のほうから、ムフフフ、ムフフフ、ムフフフと変な声が聞こえて来る。そのうちに、南のほうの天井からも、ムフフフ、ムフフフ、ムフフフと変な声が聞こえる。そして、北の天井からもムフフフ、ムフフフ、ムフフフと変な声が聞こえて来る。

そのうちに部屋中から、ムフフフ、ムフフフ、ムフフフと変な声が聞こえて来る。

相田昇竜は言った。

「誰だ」

すると子供の声がした。

「恨めしや。恨めしや。恨めしや」

須磨直行と思われる姿が、ボーッと空中に浮かび上がった。足元がぼんやりとして、ボーッとしているのである。

相田昇竜は、思わず声を出した。

「うわー」

幽霊は言った。

「ムフフフ、ムフフフフ、呪い殺してやる」

相田昇竜は、震えながら布団を被った。しかし、幽霊の声は頭から離れなかった。

「ムフフフ、ムフフフフ、恨めしや。恨めしや」

相田昇竜は思わず布団の中で言った。

「助けてくれ」

相田昇竜は一晩中眠れなかった。頭から布団を被ったまま一夜を明かした。眠いのを必死で我慢して、チェックアウトした。バッグを一つだけ持ち、フラフラと歩いた。大阪の町を西へ向かった。フラフラ、ヨロヨロと歩いていた。

どうして僕は人を殺してしまったのだろうか。弟のためにどうしてもやってしまわなければいけなかったのだ。いつも僕は認めてもらえず、怒られてばかりだ。

弟はどうしただろうか。無事逃げただろうか。それとも捕まってしまっただろうか。

地下鉄の駅を見つけたら大阪駅へ行き西へ西へ向かおう。しかし、つらい。電車の中で少しは寝られるだろうか。ああ、つらい。社会が悪いんだ。こんな激しい競争主

義じゃ生きて行くのが大変すぎる。でも生きて行かなければしょうがない。

おっと。よろけて転んでしまった。すぐ立ち上がって、またフラフラと歩いた。何処か駅はないだろうか。また、よろよろと歩いた。

すると、不意に後ろから話しかけられた。

「何処へ行かれますか」

警察官だった。

相田昇竜はぎくっとした。

「いや、別に」

警察官は言った。

「お名前は？　何をされているのですか」

相田昇竜は言った。

「えーと、柿沢勇二、わかりません」

警察官は言った。

「交番まで来てもらおう」

児童安全課に電話が入った。担当の遠藤裕美子事務長が出た。

遠藤裕美子事務長は言った。

「相田昇竜が大阪で捕まりました。それで、近藤駿輔刑事、引き取りに行ってきて下さい。あなたがいいと思います」

近藤駿輔刑事は言った。

「わかりました。詳しい場所を教えて下さい」

遠藤裕美子事務長は言った。

「大阪府警の……。それから、相田昇竜の髪型はやはりリーゼントではなくて、七三に分けているそうです」

近藤駿輔刑事は言った。

「やはりそうか。すぐ新幹線で行こう」

近衛有矢刑事は言った。

「気を付けて」

阿部晴季刑事は、

「良かった」

と、言って拍手した。

12 白露の雨

児童安全課で相田昇竜の取り調べが行われる。

近藤駿輔刑事は言った。

「取り調べまで休め。あまり寝てないのだろう」

相田昇竜は言った。

「はい。すみません」

土方敏樹刑事は言った。

「近藤さん。予想外でしたね。てっきり親からの虐待によるものかと思っていましたけれど同級生が犯人だったなんて」

近藤駿輔刑事は泣き出してしまった。非常に残念だ。こんな結果で終わるなんて、最悪だ。近藤駿輔刑事は、そう思った。


あれは三年前の事だった。窓から外を見て思い出していた。こんな白露の日だった。須磨直行ちゃんは、天使のようにかわいい子だった。ちゃんと守ってやれなかった。僅か十歳の命だったなんて。父親から虐待されていた時、何とかしてやろうと思ったが、あれで良かったのだろうか。父親に厳しく育てられて、まさか成績がいいのを同級生たちにねたまれて殺されてしまうなんて。これも人間の心の不思議なことなのか。もう私も来年には定年退職になる。警察官としての生活の最後に、児童安全課に配属され、児童虐待や育児放棄をいろいろと見てきた。

姫野咲ちゃん事件、下川縫ちゃん事件、伊村真我ちゃん事件、宮園聖子ちゃん事件、その他いろいろだが、みんな何とか助かった。

しかし、須磨直行ちゃんは助けることができなかった。

そう、須磨直行ちゃんは、カンガルーが好きだったね。そう、有袋類は変わった動物が多いんだ。絶滅しそうな動物なんだ。生命がなくなるということはいいことではない。環境が悪くなってきているということだ。有袋類が生存できなくなったら、人間だって生存できなくなるかもしれないじゃないか。みんな、一緒に長生きしましょうよ。

今は福祉国家じゃないか。どうして虐待なんてするんだ。つまらないからって、そんなに面白いことばかりではないに決まっている。忍耐が足りないんだ。どいつもこいつも。私の頭の中は混乱しているかもしれないが、児童安全課へ来てわかったことは、人の命を大切にしない人がいるということだ。けしからん族《やから》だ。子供は大事にしなければいけないよ。虐待して死なせてしまうなんてもってのほかだ。力ない子供は何も抵抗はできない。新聞やテレビを見ていても、子供が死んでから虐待があったことがわかる場合もある。警察も犯人探ししかできていない。

どうしたら児童虐待はなくなるであろうか。

防犯カメラをたくさんに設置するしかないのであろうか。人の心を変えることはできないのであろうか。子供は天使なんだよ。もっと大事にしてやってくれ。


近衛有矢刑事が通りかかり、話しかけた。

「近藤駿輔刑事、何を見ているのですか」

近藤駿輔刑事は言った。

「白露の季節だね」

近衛有矢刑事は言った。

「何を考えているのですか。窓から外ばかり見ていて」

近藤駿輔刑事は言った。

「三年前の須磨直行君の事件のことを考えていたんだ。悔しいんだ」

近衛有矢刑事は言った。

「近藤さん、あれは三年前だったでしょうか。夢燕公園の樹木の下で、十歳の少年が亡くなって倒れていた事件ですか」

近藤駿輔刑事は言った。

「そうです。その四年前に朝寝坊で虐待され、ずっと気にかけていた子供です」

近衛有矢刑事は、おもおもしい口調で記憶をたぐり寄せるように言った。

「……須磨直行君でしたね……」

近藤駿輔刑事は言った。

「そうです。そうです。窓の外を見ながら思い出していたのです。ああ……助けてあげられなかった。彼、天使のようにかわいい子でした」

すると、雨がポツリポツリと降り出した。

やがて霧雨になり、小鳥のさえずりが聞こえなくなった。だんだん雨は酷くなり音を立てて降って来た。

近藤駿輔刑事は言った。

「白露の雨だ」

近衛有矢刑事は言った。

「白露の雨でしょうか」

あとがき

「有袋坂と白露」を読んでいただきありがとうございます。

登場する人物名、地名、団体等すべて架空のものです。地名は、一部実在の地名を使っています。

この小説のテーマは、児童虐待・育児放棄です。しかし、最後に予想外が来ます。虐待による事件だとばかり考えていると同級生のねたみによるものでした。人間、生きて行くということがどんなに大変なことか考えさせられます。でも、頑張って生きて行かなければいけません。

この小説のクライマックスなどというものがあるかどうかかわかりませんが、カンガルーの群れが草原を移動して行くところは、大きな気持ちになって読み進めて下さい。そして、自然保護・環境問題は大事だと思います。

なんとか六作品目が出版できて嬉しいです。

三省堂書店出版事業担当のみなさん、イラストレーターの児玉やすつぐさん、ありがとうございました。

【著者プロフィール】

大塚 静正（おおつか しずまさ）

1957年（昭和32年）3月2日静岡県沼津市生まれ。

1963年（昭和38年）中央幼稚園卒園。

1969年（昭和44年）沼津市立第一小学校卒業。

1972年（昭和47年）沼津市立第一中学校卒業。

1975年（昭和50年）日本大学三島高等学校普通科卒業。

1979年（昭和54年）日本大学農獣医学部食品経済学科（現在の生物資源科学部食品ビジネス学科）卒業、大学時代、産業社会学研究室所属。

大塚商店（自動車解体業）に約1年、ヌマヅベーカリーに10年3ヶ月、大昭和紙工産業に26年9ヶ月勤務。

2017年（平成29年）3月21日定年退職（60歳）。

2018年（平成30年）1月5日（60歳10ヶ月）『愛の湖　大塚静正ものがたり短編集』（創英社／三省堂書店）でデビュー。

2019年（平成31年）1月8日『クッキとシルバーキング』（創英社／三省堂書店）発行。

2020年（令和2年）7月11日『悲しみの谷』（創英社／三省堂書店）発行。

2021年（令和3年）11月1日『電光人間』（三省堂書店／創英社）発行。

2022年（令和4年）7月28日『シオンの咲く路傍』（三省堂書店／創英社）発行。

有袋坂《ゆうたいざか》と白露《はくろ》

2024年 9 月 6 日　初版発行

著　者　　　大塚 静正
発行・発売　株式会社三省堂書店／創英社
〒101-0051 東京都千代田区神田神保町 1-1
Tel 03-3291-2295　Fax 03-3292-7687
印刷・製本　シナノ書籍印刷

ISBN 978-4-87923-277-9　C0093

フクロムササビ
ウォンバット
フクロアリクイ
アカカンガルー